國家圖書館出版品預行編目資料

雙胞胎月亮／蘇紹連著. ——初版.
——臺北市：三民，民86
面；　公分——（小詩人系列）
ISBN 957-14-2509-5（精裝）

859.8　　　　85011565

國際網路位址　http : // sanmin. com. tw

◎雙胞胎月亮◎

著作人　蘇紹連
繪圖者　藍珮禎
發行人　劉振強
著作財產權人　三民書局股份有限公司
臺北市復興北路三八六號
發行所　三民書局股份有限公司
地址／臺北市復興北路三八六號
郵撥／〇〇〇九九九八——五號
印刷所　三民書局股份有限公司
門市部　復北店／臺北市復興北路三八六號
重南店／臺北市重慶南路一段六十一號
初　版　中華民國八十六年四月
編　號　S85324
特　價　新臺幣貳佰捌拾元整

行政院新聞局登記證局版臺業字第〇二〇〇號

ISBN　957-14-2509-5（精裝）

兒童文學叢書
‧小詩人系列‧

雙胞胎月亮

蘇紹連／著
藍珮禎／繪

三民書局

詩心・童心

——出版的話

可曾想過，平日孩子最常說的話是什麼？

「媽！我今天中午要吃麥當勞哦！」「可不可以幫我買電視上廣告的那種電動玩具！」「我好想要百貨公司裡的那個洋娃娃！」

乍聽之下，好像孩子天生就是來討債的。然而，仔細想想，這些話的背後，絕不只是貪吃、好玩而已；其實每一個要求，都蘊藏著孩子心中追求的夢想——嚮往像童話故事中的公主般美麗、令人喜愛；嚮往像金剛戰神般的勇猛、無敵。

為了滿足孩子的願望，身為父母的只好竭盡所能的購買，但孩子們總是喜新厭舊，剛買的玩具，馬上又堆在架子上蒙塵了。為什麼呢？因為物質的給予終究有限，只有激發孩子源源不絕的創造力，才能使他們受用無窮。「給他一條魚，不如給他一根釣桿」，愛他，不是給他什麼，而是教他如何自己尋求！

事實上，在每個小腦袋裡，都潛藏著無垠的想像力與無窮的爆發力。大人常會被孩子們千奇百怪的問題問得啞口無言；也常會因孩子們出奇不意的想法而啞然失笑；但這種不規則的邏輯卻是他們認識這個世界的最好方式。而詩歌中活潑的語言、奔放的想像空間，應是最能貼近他們跳躍的思考頻率了！

於是，我們出版了這套童詩，邀請國內外名詩人、畫家將孩子們天馬行空的想像，熔鑄成篇篇詩句；將孩子們的瑰麗夢想，彩繪成繽紛圖畫。詩中，沒有深奧的道理，只有再平常不過的周遭事物；沒有諄諄的說教，只有充滿驚喜的體驗。因為我們相信，能體會生活，方能創造生活，而詩的語言，也該是生活的語言。

每個孩子都是天生的詩人，每顆詩心也都孕育著無數的童心。就讓這些詩句在孩子的心中埋下想像的種子，伴隨著他們的夢想一同成長吧！

清晰？模糊？

蘇紹連

1

民國八十三年，我看到一本資訊雜誌，當期的專題是「模糊理論與資訊科學」，其中提到「模糊語言」的問題，說到生活語言是充滿模糊性的，如：遠、近、高、矮、美、醜、冷、熱、愛、惡、老、年輕……等。例如：我們說這位大學校長好年輕，「年輕」這兩字能判斷出校長的年齡嗎？十五、六歲算是年輕，二十來歲也算是年輕，但是對一個大學校長而言，四十幾歲真的很年輕。因此，「校長很年輕」這句話，其旨意是多麼模糊！

2

詩的語言更是模糊。

別先反對我這種說法，但請先問你自己看過的詩，哪一首詩是絕對清晰的？能清晰到一目了然嗎？意義單一而沒有歧義嗎？

我相信沒有一首詩是完全清晰的。生活語言都不能清晰了，更何況是詩的語言。不過，詩的語言模糊化，就像攝影技巧的柔焦模糊化，反而更能增進閱讀時的深度。

由於語言的模糊，讀詩時，必須藉由本身的經驗和感覺來思考，因此，很容易將自己的想法表達出來，「山窮水盡疑無路，柳暗花明又一村」，從模糊中豁然開朗，這就是讀詩時最美妙的地方。

3

以上說的，對小朋友來說，也許太深奧了，但我想，當父母及師長在給小朋友購買讀物書籍時，一定會先看看序言之類的介紹文章，因此，我決定很簡略的寫了前面兩節文字，供小朋友的父母或師長參考。

4

《雙胞胎月亮》是我喜愛的書名，生命有雙胞胎是奇妙的事，雙胞胎的命運不同更是令人關注。月亮有雙胞胎嗎？假如有，那麼，一個必是嫦娥奔往的天上月亮，一個則是李白落水想撈的水中月亮。美麗的傳說，豐富了我們的想像力。

我愛美麗的傳說，也愛詩的想像空間。

5

詩的語言雖然是模糊的，但別忘了，在模糊的現象中，必須要做明確的決定（決定自己對詩的定義），這才能從模糊進入清晰。

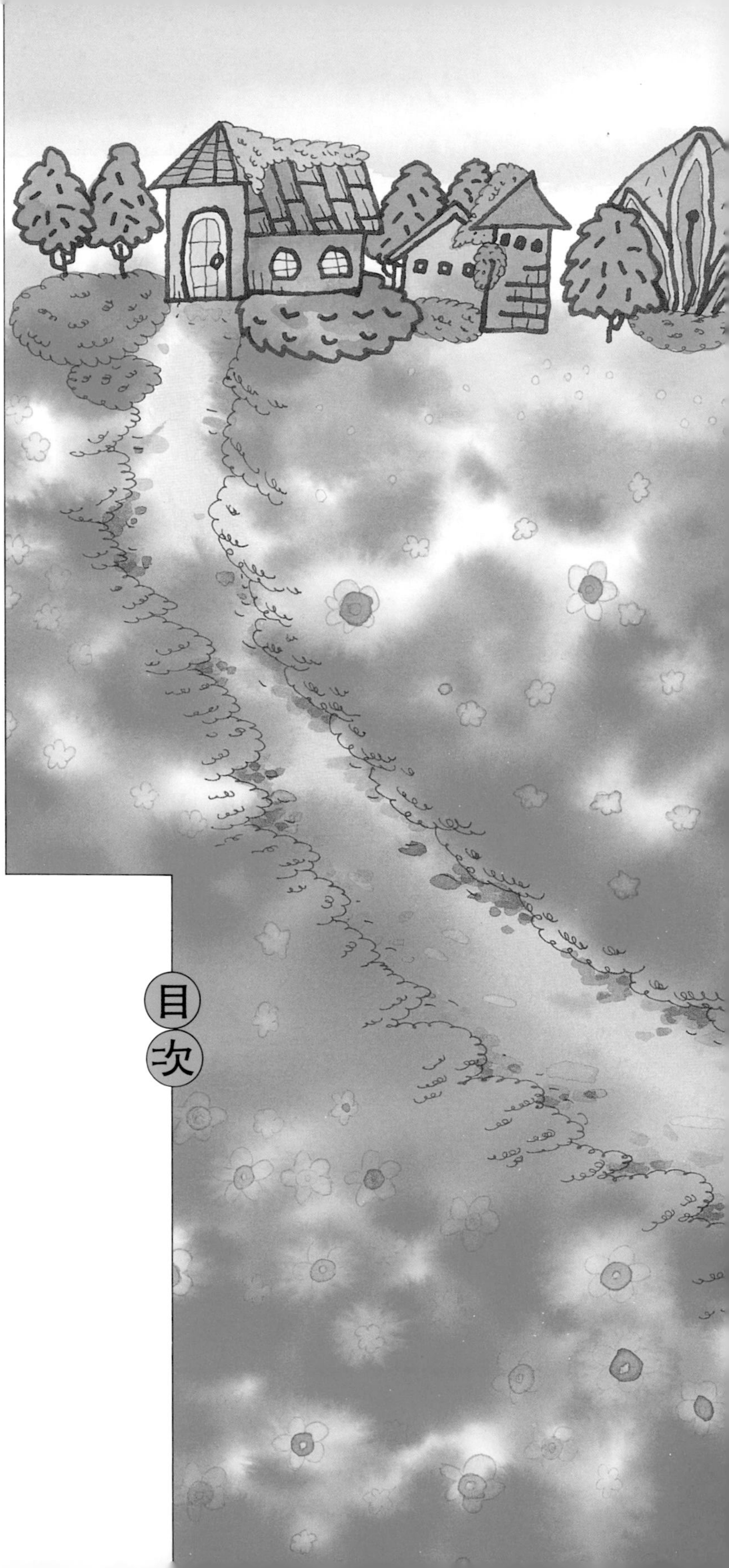

目次

雙胞胎月亮

相片

那是五年前
一個望著鏡頭的小女孩
被拍成了一張相片

現在，妳看到這張相片
相片中的小女孩依舊望著妳
她一定在想
妳怎麼變了
妳的頭髮變長了
妳的眼睛上有了一副眼鏡
妳穿起了一套平整的學生制服
相片中的她
是一個像小姊姊的小女孩

懷中抱著布娃娃
妳會想起妳小的時候
也曾是這樣嗎
對著布娃娃說悄悄話
說：妹妹，我愛妳
妹妹，不要離開我

妳看著相片並喃喃著
想到相片中的小女孩竟離開妳
已經五年了
妳回頭瞧瞧床上還在的那個布娃娃
而小女孩卻不在了
到底小女孩去了哪裡啊
她是不是變了
是不是和妳一樣頭髮變長了
是不是也戴上一副眼鏡
是不是也穿上一套平整的制服
也許有一天
妳再看這張相片的時候
妳會忽然明白：
她就是妳

觀看自己的相片，
常常會陷入回憶中，
以前我是相片中的樣子，
現在我是另一個樣子，
以前的我不見了，
相片中的洋娃娃還在，
現在的我只得藉著相片
才能看見以前的我。

雙胞胎月亮

看你躲得多深
來到海洋
來到湖泊
來到河川
來到池塘
來到井口
我才能和你面對面
相互凝視著
雙胞胎的臉是一樣的
一起圓
一起缺
雙胞胎的心是一樣的
一起晴

一起陰
每夜我在風中，是冷的
你在水中，更冷

自從故鄉的媽媽託付
嫦娥阿姨來找我
李白伯伯去找你
就把我們分別守護在
他們不同的故事中
故事流傳著
卻忘了我們是雙胞胎呀

月亮有雙胞胎？
是的，一個在天上，一個在水中。
他們被媽媽分別託付在兩個故事中，
流傳於世世代代。
月亮有雙胞胎嗎？
這得靠點想像力才有。

PEICHEN

花朵的演出

沒有人介紹這個節目
她選擇泥土——在泥土上演出
她感謝一叢叢野草自動升起來當作布幕
她感謝螞蟻排列出整整齊齊的座椅
她感謝月亮巧妙地控制燈光的變換
她感謝春天將她妝扮
她感謝河流自山上趕來為她伴奏
她感謝蜻蜓用牠的尾巴指揮
她感謝客滿的昆蟲們
尤其是
一群群蝴蝶的雙翼努力地鼓著掌

雖然不知花兒演出什麼節目，
但是，從這首詩中我們可以感受到
演出場面盛大、節目精彩的情形，
最重要的是大家的協助與捧場，
花兒才能做一場完美的演出。
在春天的夜裡，大家趕快去
欣賞花朵演出了什麼節目吧！

母親站在門口

背著書包，頂著黃帽的孩子
排在放學的路隊裡，像一朵小黃菊花
藏在一大片菊花圃裡
我卻看不見

看不見我的孩子是不是在路上
螞蟻請告訴我，你們走路的方法呢？
看不見我的孩子是不是找不到方向
螢火蟲請告訴我，你們用什麼認路呢？
看不見我的孩子是不是忘了時間
蝸牛請告訴我，你們怎麼不遲歸呢？

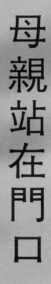

站在門口，靠在心口的我
和房屋一起長著眼睛，像一盞燈
吊在逐漸陰暗的大地上
啊，我看不見孩子
孩子，你應該看見我呀

螞蟻會走路，螢火蟲認得路，蝸牛不遲歸，孩子們，
你們會不如這些小昆蟲嗎？連房子也長出眼睛和媽媽一起張望孩子。
媽媽像掛在門口的一盞燈，讓孩子看得見自己的家，而能夠找到路回來。

鳥巢

口涎，一滴一滴
塗在風中的枝椏頂端
棄葉，一片一片
疊在照著月光的牆頭上
粗草，一根一根
結在灰塵覆蓋的樑柱間
溼泥，一團一團
黏在雨珠懸掛的簷角下

啊！終於形成了鳥兒的家

這個家有爸媽生命體味的口涎
有季節更替後的棄葉
有生命力堅韌的粗草
有孕育萬物的溼泥

啊！鳥兒的家是生命與自然的結晶

由於口涎代表父母的生命體味，
棄葉代表季節的更替，
粗草代表堅韌的生命力，
溼泥代表萬物的孕育，
所以詩的最後一句才說
「鳥兒的家是生命與自然的結晶」。
人類的家比得上鳥兒的家嗎？

起床歌

在花還沒開的時候，露珠很早就醒來了
在露珠還沒凝結的時候，霧很早就醒來了
在霧還沒散開的時候，路燈很早就醒來了
在路燈還沒排隊的時候，窗戶很早就醒來了
在窗戶還沒呼吸的時候，風很早就醒來了
在風還沒晨跑的時候，國旗很早就醒來了
在國旗還沒上升的時候，我很早就醒來了
從腳醒過來
從手醒過來
從眼睛醒過來
從心裡醒過來
注視著國旗上升，芬芳的大地也醒過來了

不能在風中尋找
就在土地上尋找
為了不讓歌聲停止
葉子就不斷的合唱

一片片覆蓋下來
守護著大地的葉子
也守護著蟋蟀啊

聽聽蟋蟀的叫聲，
竟也令人感到秋天蕭瑟的氣息，
為了不讓蟋蟀的歌聲停止，
葉子就不斷的合唱，
還覆蓋在大地上守護著蟋蟀。
想想看，這是樹的愛心啊！
是樹叫枝頭的葉子去守護蟋蟀啊！

希望長大

小雞也有希望，
希望將來長大當個號手，
把太陽
從黑夜裡吹出來。

小草也有希望，
希望將來長大帶一束鮮花，
把春天
從冬天的背後引出來。

小路也有希望，
希望將來長大畫一幅圖，
把重重高山
畫成路旁最壯麗的風景。

小河也有希望，
希望將來長大當作曲家，
把潺潺水聲
譜成動人心弦的交響曲。

小蠟燭也有希望，
希望將來長大成為燈塔，
把迷途的船
引進安全的港口。

我也有希望，
希望將來長大做一個好國民，
把自己
奉獻給社會和國家。

試看詩中的小雞、小草、小路、小河、小蠟燭等都有希望，而身為人類的我們，能不有一個好的希望嗎？小朋友，請依自己的性向及才能來為自己畫一幅將來的藍圖吧！

魚兒在白雲下游動
魚兒在白雲下穿越
魚兒在白雲下跳躍
釣魚的人呀
從此
不釣魚兒
只是垂釣魚兒的快樂

「垂釣魚兒的快樂」，
得先看看魚兒是否快樂。
魚兒為什麼快樂？
正是因為有白雲，
白雲倒映在湖水上，
魚兒彷彿在白雲間遊玩，
豈不快樂？

竹

寫取一枝清瘦竹
秋風江上作漁竿
——鄭板橋

從土地裡長出來的
竹子，那麼清瘦
那麼無力
風一吹來呀
就好像要倒下來
卻沒倒下來
只把尾梢彎入
彎入江水中
從江水中輕輕挑起
挑起一尾魚

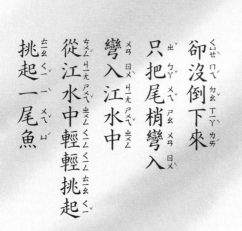

這首詩表達了細瘦竹子的韌性。
看來，竹子似乎被風擊倒，
其實不是，竹子反而順勢去
攫取可能是它俯瞰多日的獵物。
人也是一樣，
阻力也許就變為助力。

竹林風聲

深林人不知
明月來相照
——王維

外婆家後面
有一片幽深的竹林
風喜歡在那裡面唱歌
唱著媽媽小時候愛唱的曲子
每一年，我和媽媽回來
都會聽到
今年，月亮陪我回來
月亮用它的光進入竹林裡
把我獨坐的身體

照出媽媽的影子
也照出外婆的影子
風，因此更加賣力唱歌了

這是一首思念的詩，
三代（我、媽媽、外婆）親情
藉由竹林、月光、影子的
變化而結合在一起。

紙船和風箏

黑水澄時潭底出
白雲破處洞門開
——白居易

弟弟放的紙船
在潭水上漂浮
為什麼只是隨水流漂浮呢
當紙船溼透，沉入潭底
才知道
童年像一片潭水
當它清澈時
紙船就出現啊

我放的風箏
在藍天上飄動
為什麼只是隨風飄動呢

當風箏斷線，墜入雲縫間
才知道
童年像一片藍天
當它撥開白雲時
風箏就出現啊

紙船沉入潭底，就像童年
往事被淹沒不見。
但當你記憶清晰時，
往事也就歷歷在目了。
風箏斷線墜入雲間，
也像童年往事消失不見。
只有清除記憶的障礙物，
才可使往事出現。

朋友

不好詣人貪過客
慣遲作答愛書來
——吳偉業

我不敢去拜訪朋友
怕朋友的家太小，我臃腫啊
怕朋友的家太靜，我喧譁啊
怕朋友的家遷走了，我找不到啊
我卻喜歡朋友來我家

我遲遲的回信給朋友
約定下下一個星期日
到我家來
我要把我家弄大一些
把我家弄熱鬧一些
把我家定居在朋友記得的地方

這是一首有趣的詩，
只因為自己太胖，太愛喧譁，
又因自己迷迷糊糊找不到朋友的家，
所以不敢去拜訪朋友。
怎麼辦？就把朋友約到自己的家來，
更把「家定居在朋友記得的地方」吧。

寶刀的遊戲

寶刀近出日本國
越賈得之滄海東
——歐陽修

彎彎的下弦月看到
我有一把短短的寶刀
在海邊撿到的
是水手遺落的嗎
我把寶刀佩掛在我的腰間
頭紮一條黑巾
當起海盜來，像嗎

有一天，我又這樣玩起來
在海邊的沙灘上
和一群小孩子，追追打打

我當起海盜大王
拿起寶刀
準備過海洋
過海洋啊
過海洋啊

彎彎的下弦月知道
現在寶刀生鏽了
我不當海盜了
我仍過不了海洋

在海邊，玩寶刀，扮海盜，
準備過海洋，加一點戲劇情節，
這是多麼有趣的遊戲！
下弦月與寶刀的形似，
是否有其特殊的意義，
或是故意的安排，
我們可以試著去揣想。

一棵孤獨的松樹

連林人不覺
獨樹眾乃奇
——陶淵明

老師帶我們上山遠足去
走到了一片松樹林中
我們坐下來
午餐，和松樹休息
和松樹聽風聲，聽鳥聲
忽然風聲停了，鳥聲停了
老師轉頭看過去
我們也一齊轉頭看過去
在松樹林的外邊
離一百公尺遠的山崖
有一棵孤獨的松樹

引起大家的驚奇
老師大叫一聲
「回來，不要脫離團體！」

老師大叫「回來，不要脫離團體！」是對著松樹叫嗎？還是對著學生叫呢？照顧學生安全是老師的責任，要不是老師錯把松樹當作學生，不然就是藉機教育學生。

野菊青苔

野菊荒苔各鑄錢
金黃銅綠兩爭妍
——楊萬里

一朵朵野菊，圓圓的
發出燈泡一樣的光芒
一片片青苔，圓圓的
像要去避暑的影子

雨落下來
野菊的光芒更強烈
青苔的影子更蔓延
雨一直落下

我只好滾著鐵圈圈
一路滾回家去
家也被野菊和青苔包圍了
鐵圈圈，滾不回去呀

鄉野有像燈泡一樣的野菊，
有像影子一般的青苔，
小孩子滾著鐵環要回家，
家卻被野菊和青苔包圍了。
這首詩描述了鄉野的生活情景，
值得住膩城市的孩子仔細的去體會。

採橘工人的鼻子

江南有丹橘
經冬猶綠林
——張九齡

媽媽
在一張黑沉沉的桌子上
放著幾粒紅色的橘子

我不想吃，只看著窗外
到了冬天，橘園
四周仍是一片碧綠
而橘子更紅了
採橘工人的鼻子也更紅了
鼻尖的露水
那麼冰冷
媽媽說
像冰那麼冷的
一定像火那麼紅

這首詩初讀時，
感覺像一幅靜物畫，
黑沉沉的桌子，
紅色的橘子，
窗外碧綠的橘園，
色彩鮮明對比。
詩意的巧妙處在於
採橘工人的鼻子，
鼻尖掛著露水，
那麼冰冷，卻也那麼紅，
為什麼？